John Burroughs
Von der Kunst, Dinge zu sehen
Von der Heiterkeit der Landstraße

John Burroughs

Von der Kunst, Dinge zu sehen

Von der Heiterkeit der Landstraße

Zwei Essays

Übersetzt und mit einem Nachwort
versehen von Klaus Bonn

Limbus Verlag

The art of seeing things erschien zuerst in *Leaf and tendril*, Houghton, Mifflin and Company, Boston / New York 1908; *Exhilarations of the road* erschien zuerst in *Winter sunshine*, Hurd and Houghton, New York 1876.

Gesetzt aus der Bembo.

Bibliografische Information der Deutschen Nationalbibliothek: Die Deutsche Nationalbibliothek verzeichnet diese Publikation in der Deutschen Nationalbibliografie; detaillierte bibliografische Daten sind im Internet über http://dnb.dnb.de abrufbar.

Druck: Finidr, s.r.o.
Einbandillustration: © Hannah Flattinger
ISBN 978-3-99039-147-1
www.limbusverlag.at

Von der Kunst, Dinge zu sehen

I

Ich habe nicht die Absicht, meinem Leser zu sagen, wie er Dinge sehen soll, sondern ich möchte nur so über die Kunst, die Dinge zu sehen, sprechen, wie man über irgendeine andere Kunst sprechen könnte. Man könnte über die Kunst der Poesie, der Malerei oder über die Redekunst sprechen, ohne die Hoffnung zu hegen, seine Leser oder Zuhörer zu Poeten, Malern oder Rednern zu machen.

Das Wissen von allem Möglichen kann beigebracht oder durch ein Studium erworben werden; zur Kunst davon gelangt man über die Praxis oder durch Inspiration. Die Kunst, Dinge zu sehen, ist nicht etwas, das in Regeln übermittelt werden kann; es ist eine lebendige Angelegenheit im Auge und im Ohr, wahrhaftig im Geist und in der Seele, deren Organe sie sind. Ich kann so wenig auf meine Befähigung hoffen, dem Leser zu sagen, wie er die Dinge sehen soll, wie bei dem Versuch, ihm zu sagen, wie er sich verlieben oder sein Abendessen genießen sollte. Entweder tut er es, oder er tut es nicht, und das ist alles. Manche Menschen werden anscheinend mit Augen in ihren Köpfen geboren, und andere mit Knöpfen oder bemalten Murmeln, und kein Wissen der Welt vermag den einen dem anderen gleich zu machen, was die Kunst, Dinge zu sehen, angeht. Die große Masse des Menschengeschlechts ist diesbezüglich wie das Fußvolk bei den Soldaten: Sie feuern mal einfach so in die Richtung des Feindes, und wenn sie treffen, dann ist das eher dem Zufall geschuldet als einer genauen Zielsetzung. Aber hier und da gibt es den Beobachter mit den scharfen Augen; er ist der Scharfschütze; sein Auge macht den Unterschied; seine Absicht trifft ins Schwarze.

Selbst der erfolgreiche Angler scheint so geboren und nicht gemacht zu sein; er scheint instinktiv die Wege der Forelle zu kennen. Das Geheimnis liegt zweifelsohne in der Liebe zum Sport. Die Liebe schärft das Auge, das Ohr und den Tastsinn; sie belebt die Füße, beruhigt die Hand, sie wappnet gegen Nässe und Kälte. In dem, was wir gerne tun, erbringen wir auch eine gute Leistung. Wissen ist nicht alles; es ist nur die Hälfte. Eine Sache zu lieben, macht die andere Hälfte aus. Wordsworths[1] Dichter wäre zufrieden, wenn er an den Dingen Gefallen fände, die andere verstanden. Das ist gemeinhin die Haltung der jungen und poetischen Natur. Der Mann der Wissenschaft dagegen ist zufrieden, wenn er die Dinge verstehen kann, woran andere Gefallen finden: Darin besteht sein Vergnügen. Kontemplation und Absorption für den einen; Erkundung und Klassifikation für den anderen. Wir verfolgen vermutlich alle in unterschiedlichen Abstufungen den einen oder anderen Weg, uns an der Natur zu erfreuen: entweder das teilnahmsvolle und emotionale Vergnügen an ihr, das dem jungen, künstlerischen und poetischen Temperament zu eigen ist, oder das Vergnügen mittels unserer von der Naturwissenschaft gespeisten Erkenntnisfähigkeit, oder, was auch möglich ist, beide vereint, was gewiss bei einem Mann wie Tyndall[2] der Fall war.

Aber nichts kann die Liebe ersetzen. Die Liebe ist das Maß des Lebens: Nur sofern wir lieben, leben wir wirklich. Die Vielfalt unserer Interessen, die Bandbreite unserer Anteilnahme, die Empfänglichkeit unseres Herzens – was, wenn nicht diese, gibt unserem Leben ein Maß? Im Lauf der Jahre sind wir alle mehr oder weniger zwei Gefahren ausgesetzt, nämlich der Gefahr der Versteinerung und der Gefahr der Zersetzung; sei es, dass wir verhärten und abstumpfen, durch Gewohnheiten und Konventionen verkrusten, bis uns kein neuer Licht- oder Freudensstrahl mehr erreicht, oder dass wir nachlässig und unordentlich werden und den Bezug zu den wirklichen und lebendigen Quellen des Glücks und der Stärke verlieren. Nun gibt es kein anderes Schutz- und Desinfektionsmittel, nichts, was das Herz jung hält, als die Liebe, das Mitgefühl, sich mit voller Begeisterung einem werten Gegenstand oder Anliegen zuzuwenden.

Wenn ich die drei kostbarsten Ressourcen des Lebens benennen sollte, so wären dies Bücher, Freunde und die Natur; und die größte, wenigstens die beständigste und stets zuhandene ist die Natur. Die Natur ist immer unsere Begleiterin, ein unerschöpflicher Speicher dessen, was das Herz bewegt, den Verstand anspricht und die Einbildungskraft anregt – Gesundheit für den Körper, ein Stimulans für den Geist und eine Freude für die Seele. Dem Wissenschaftler ist die Natur ein Speicher für Fakten, Gesetze, Prozesse; dem Künstler ist sie ein Speicher für Bilder; dem Dichter ist sie ein Speicher für Fantasiebilder, eine Quelle der Inspiration; dem Moralisten ist sie ein Speicher für Regeln und Gleichnisse; und allen möge sie eine Quelle der Erkenntnis und der Freude sein.

II

Es gibt nichts, worin sich die Menschen mehr unterscheiden, als in ihrer Beobachtungsgabe. Manch einer ist sich dessen nur halb bewusst, was sich um ihn herum abspielt. Andere wiederum sind auf leidenschaftliche Art lebendig: Ihr Auffassungsvermögen, ihre Fähigkeit, Dinge wieder zu erkennen, sind die ganze Zeit über voll und ganz in Auge und Ohr konzentriert. Sie sehen und hören alles, ob es sie unmittelbar betrifft oder nicht. Niemals entgeht ihnen ein vertrautes Gesicht auf der Straße; stets nehmen sie um sich herum jedes interessante Merkmal, Geräusch oder Objekt auf der Erde oder im Himmel wahr. Ihre Aufmerksamkeit ist ständig auf der Hut, nicht durch bewusste Anstrengung, sondern durch natürliche Gewohnheit und Neigung. Man kann sagen, dass ihr Wahrnehmungsvermögen immer im Dienst ist. Sie wenden sich der äußeren Welt mit einem empfindlicheren Geist zu als andere Leute. Die Dinge, die vor ihnen passieren, werden erfasst und sofort individualisiert. Wenn sie andere Länder besuchen, erkennen sie sofort die charakteristischen Merkmale von Land und Leuten. Der Eindruck ist nie verschwommen oder wirr. Ihre Beobachtungsgabe lässt an die Sehkraft und den Geruchssinn wilder Tiere denken; indes ist es Furcht bei diesen, die zur Schärfung der Sinne führt, und bei jenen sind es Liebe und Neugier. Die Truthahn-Mutter mit ihrer Brut sieht den Habicht, wenn er als bloßer Flecken am Himmel erscheint. In ihrer Besorgtheit um ihre Jungen denkt sie an Habichte und nimmt sich vor ihnen in Acht. Die Furcht schärft ihr Auge. Der Jäger sieht den Habicht nicht, bis seine Aufmerksamkeit so durch den Truthahn auf ihn gelenkt wird, da seine Belange nicht gefährdet sind; doch er übertrifft die wilden Geschöpfe des Berges und der Ebene – den Elch, die Antilope und das Bergschaf – in seiner Weitsicht, er macht es zu seinem Geschäft, nach ihnen Ausschau zu halten, und seine Augen reichen weiter als ihre.

Entweder betrachten wir, wie die meisten Leute, die Dinge auf grobe und undeutliche Weise, bemerken nur die Masse und ungewöhnliche Erscheinungsformen, oder wir sehen genau und differenziert hin, erfassen das Minutiöse und das Eigentümliche. Neulich stellte ich fest, dass in einer Sammlung ausgestopfter Vögel eine Walddrossel so angebracht war, als sänge sie gerade, mit offenem Schnabel, der geradewegs zum Zenit wies. Der Präparator hatte nicht genau hingesehen. Die Drossel singt mit nur leicht angehobenem Schnabel. Wer hat nicht schon ein rotes oder graues Eichhörnchen gesehen, wie es einen Baumstamm hoch- und hinunterhuscht? Aber nur wenige haben wahrscheinlich bemerkt, dass die Stellung der Hinterläufe bei einem Vorgang die Umkehrung dessen ist, was beim anderen Vorgang geschieht. Beim Hinunterlaufen sind sie nach hinten ausgestreckt, die Greifzehen haken sich an der Borke fest; sie steuern und kontrollieren den Fall. Auf den meisten Bildern werden die Füße dargestellt, wie sie beide Male dicht unter dem Körper angezogen sind.

Leute, die sich angenehm und sachkundig über Vögel, Blumen und die äußere Natur im Allgemeinen unterhalten, sind nicht ausnahmslos gute Beobachter. Sehen sie denn auf ihren Spaziergängen etwas anderes als das, wofür sie nach draußen gegangen sind? Gibt es ein spontanes oder unvorbereitetes Sehen? Machen sie Entdeckungen? Jeder Vogel, jedes Geschöpf kann gejagt, jedes Nest kann entdeckt werden, wenn man es belagert; aber etwas zu finden, wonach man nicht sucht, das scheue Zwinkern und die scheuen Gesten auf jeder Seite zu erfassen, die ganzen Nebenhandlungen um einen herum zu sehen, keinen bedeutsamen Hinweis, keine bedeutsame Regung zu verpassen, jeden Sichtschutz mit seinem Blick zu durchdringen – das heißt, ein Beobachter zu sein; das heißt, „ein Auge" zu haben, „das geübt [ist] wie eines Blinden Hand"[3] – eine Hand, die unterscheiden kann zwischen einem weißen und einem schwarzen Pferd –, ein detektivisches Auge, das die blassesten Zeichen liest. Als sich Thoreau auf Cape Cod aufhielt, stellte er fest, dass die Pferde dort einen bestimmten Muskel in den Hüften übermäßig entwickelt hatten aufgrund des unsicheren Stands auf dem stets nachgebenden Sand. Thoreaus Vorstellung passte zuweilen genau mit den Dingen zusammen. Bei einer großen Feier in Paris waren sowohl die Kaiserin Eugénie[4] als auch Königin Victoria[5] anwesend. Einem Reporter fiel auf, dass in dem Moment, als die königlichen Persönlichkeiten schließlich Platz nahmen, Eugénie hinter sich schaute, bevor sie sich setzte, um sich zu vergewissern, ob der Stuhl tatsächlich da war, doch Victoria setzte sich ohne den Blick zurück, denn sie wusste, dass es da einen Sitzplatz geben musste: Das war immer so gewesen und sollte für sie immer so sein. Der Korrespondent folgerte, dass der Zwischenfall den Unterschied zwischen dem geborenen und einem hastig vorgenommenen Königtum aufzeige. Ich frage mich, wie viele Leute wohl bei dieser großen Versammlung diese Beobachtung gemacht haben; wahrscheinlich sehr wenige. Sie bezeichnete eine Gabe für die Betrachtung von Dingen.

Wenn unsere Beobachtungsgabe schnell und sicher genug wäre, dann könnten wir zweifellos die meisten Tricks des Taschenspielers durchschauen. Er narrt uns, weil seine Hand geschickter ist als unser Auge. Er fesselt unsere Aufmerksamkeit und beherrscht uns dann dermaßen, dass wir nur das sehen, was er uns zu sehen wünscht.

Auf dem Gebiet der Naturgeschichte entgehen uns Dinge, weil die Akteure so klein sind und die Bühne so riesengroß und mehr oder weniger verschleiert und verbaut ist. Die Bewegung vollzieht sich rasch vor einem Hintergrund, der dazu neigt, sie eher zu verbergen als herauszustellen. Auf der bedruckten Seite spielt das weiße Papier fast eine so wichtige Rolle wie die Drucktype und die Tinte; das Buch der Natur unterliegt allerdings einem anderen Plan: Die Seite zeigt selten einen Kontrast von Schwarz und Weiß oder gar Schwarz und Braun, sondern lediglich den zwischen gleichartigen Farbtönen, Grau auf Grau, Grün auf Grün oder Graubraun auf Braun.

Unter einem genauen Beobachter verstehe ich nicht einen minutiösen, kaltblütigen Spezialisten – „ein Sklave, der herumtastet, / Einer, der verstohlen blickte und botanisierte / Auf seiner Mutter Grab“[6] –, sondern einen Mann, der genau und beständig die Natur anschaut, der die eigentümlichen Merkmale eines Baumes, Felsens und Feldes festhält und dem kein noch so feiner Duft der Nacht oder des Tages, des Ortes und der Jahreszeit entgeht. Er ist so feinfühlig, dass er bei seinem Abendspaziergang die lauen und kühlen Züge in der Luft spürt, seine Nase die flüchtigsten Düfte und seine Ohren die verborgensten Geräusche wahrnehmen. Wie er da so steht, in Gedanken versunken im Zwielicht des April, hört er diese zarte, schwer fassbare Regung, das leise Rascheln der Angelwürmer, die aus ihren Löchern kommen, um sich an Blättern und Gräsern zu laben; er hört den pfeifenden Flügelschlag der Waldschnepfe, die im Halbdunkel rasch an ihm vorüberzieht; er hört den Ruf des Keilschwanz-Regenpfeifers, der aus dem Märzhimmel tönt; er hört am frühen Morgen weit über sich das fiepsende Schnattern der ankommenden Schwarzdrosseln auf ihrem Weg nach Norden; er hört den zarten, andauernden, einlullenden Ruf der kleinen Eule in den Zedern im frühen Frühlingsdämmer; er hört nachts das Rauschen des fernen Wasserfalls, und meilenweit über das Land das Rattern des Zuges, wenn die Luft „hohl" ist; vor einem Sturm bemerkt er, wie ferne Gegenstände sich abzeichnen und an jenen strahlenden Tagen, die wir „weather breeders"[7] nennen, nah herangerückt werden. Wenn das Quecksilber auf Null[8] oder unter Null gesunken ist, dann bemerkt er, wie die vorbeifahrenden Züge zischen und köcheln, als wären die Schienen oder Räder glühend heiß. Er liest die subtilen Zeichen des Wetters. Die Sterne der Nacht sagen ihm den kommenden Tag voraus; die Wolken am Abend und am Morgen sind ein Zeichen. Er weiß, dass es eine Neigung zu feuchtem Wetter und eine Neigung zu trockenem Wetter gibt, oder, wie Goethe sagte, Wasserbejahung und Wasserverneinung, und er interpretiert die Symptome entsprechend.[9] Er begegnet allen äußeren Eindrücken mit lebendiger Aufmerksamkeit. Wenn er im Zwielicht des Herbstes vom Hügel hinabsteigt, spürt er die kühlere Luft des Tales wie einen See um sich herum; er spürt, wie zu einer anderen Jahreszeit die kühlere Luft sich bisweilen wie ein riesiges Gebilde aus Wasser zwischen den Bergen niederlässt, so wie es die waagrechte Linie des Nebels oder der Frost an den Bäumen belegen.

Der moderne Mensch betrachtet die Natur mit einem Auge des Wohlwollens und der Liebe, während der frühere Mensch sie mit einem Auge der Furcht und des Aberglaubens ansah. Daher sieht er genauer hin; die Wissenschaft hat sein Auge beständig und klar gemacht. Für jemanden, der flüchtig durchs Land reist, sehen die Farmen und Landhäuser alle ziemlich gleich aus, aber was für Unterschiede tun sich auf für Leute, die dort geboren und aufgewachsen sind! Sie haben das Kleingedruckte gelesen, das so bedeutungsvoll ist und dem hastigen Auge entgeht. Jede Horizontlinie, jede Krümmung auf Berg und Tal, jeder Baum, Fels und Quellverlauf, jede Straßenbiegung und jede Schneise in der Landschaft haben ihre Besonderheiten und hinterlassen einen besonderen Eindruck.

Scott[10] schrieb in sein Tagebuch: „Nichts ist so ermüdend, wie wenn man durch einen schönen Ort geht mit einem peinlich genauen Philosophen, einem Botaniker oder Kieselsteinsammler an der Seite, der ständig Ihre Aufmerksamkeit von den großartigen Zügen des naturhaften Bildes auf Gräser und Quarzkiesel lenkt." Kein Zweifel, Scotts umfassende, großzügige Art, die Dinge zu betrachten, regt die Einbildungskraft an und rührt die Empfindungen mehr, als es die pingelige Art des Spezialisten tut. Die Natur, die

Scott uns gibt, ist wie die Luft und das Wasser, die jeder in sich aufnehmen mag, während das, was uns die Spezialisten geben, eher einer partikularen Substanz gleichkommt, die sich nur wenige aneignen können. Doch auch Scott hatte seine Besonderheiten, nämlich die des Jägers; er war der Erste, der die Augen des Hasen sah, als der in seiner Sasse hockte, und er kannte die Fährten der Raufußhühner, der Fasane und die Wege der Forellen. Der ideale Beobachter lenkt die Begeisterung des Jägers in die Bahnen der Naturgeschichte und bringt ein feineres Wild nach Hause als das geschossene. Auch er hat ein Auge für den Fuchs, das Kaninchen und die Wasserzugvögel, aber er sieht sie mit liebenden und nicht mit mörderischen Augen.

III

Sofern Dinge zu sehen eine Kunst ist, ist es die Kunst, Augen und Ohren offen zu halten. Die Kunst der Natur schlägt vollends die Richtung der Verborgenheit ein. Die Vögel, die Tiere, die wilden Geschöpfe versuchen überwiegend, Ihrer Beobachtung zu entgehen. Die Kunst des Vogels besteht darin, sein Nest zu verstecken. Die Kunst des Wilds, das Sie aufsuchen, besteht darin, sich unsichtbar zu machen. Die Blume ist durch ihre Farbe und ihren Duft darum bemüht, Bienen und Motten anzuziehen, weil sie ihr zu Diensten sind; aber ich nehme an, sie würde sich vor den Ausflüglern und Picknickern verstecken, wenn sie es denn könnte, weil sie sie mit der Wurzel ausrotten.

Fähigkeit zur Aufmerksamkeit und ein Geist, der empfindlich auf äußere Gegenstände reagiert, darin liegt das Geheimnis, Dinge zu sehen. Schaffen Sie es, all Ihre Fähigkeiten in Stellung zu bringen, wie ein Haus mit vielen

Facetten an Türen und Fenstern; oder leben Sie zurückgezogen in sich selbst, eingeigelt in Ihren Selbstbetrachtungen? Der Denker bündelt seine ganze geistige Kraft in der Reflexion. Der Beobachter bündelt seine ganze geistige Kraft in der Perzeption; jede geistige Fähigkeit wird nach außen gewendet; der Geist sieht durch das Auge und hört durch das Ohr. Ihm ist eine objektive Wendung des Geistes zu eigen, im Gegensatz zu einer subjektiven. Eine Person mit dieser letzteren Wendung des Geistes sieht wenig. Wenn man mit seinen eigenen Gedanken beschäftigt ist, dann geht man womöglich durch ein Museum mit Kuriositäten und betrachtet gar nichts.

Die eigene Beobachtungsgabe kann man freilich so gut ausbilden wie alles andere auch. Die Sehkraft und das Gehör können so gut wie der Tastsinn stimuliert und geschult werden. Blinde entwickeln ihren Tastsinn auf wunderbar scharfsinnige Weise. Ihre Füße finden sich zurecht, und das auf Dauer. Sie finden durch diesen Sinn heraus, wie der Boden beschaffen ist, und erkennen die Straßen und Oberflächen wieder, auf denen sie einmal gereist sind. Helen Keller[11] liest, was Sie sprechen, indem sie ihre Hand auf Ihre Lippen legt, und ist durchdrungen von der Musik eines Instruments durch eben diesen Tastsinn. Das Wahrnehmungsvermögen von Schulkindern sollte genauso trainiert werden wie ihre Denkfähigkeit und ihr Gedächtnis. Eine Lehrerin in Connecticut, Miss Aiken[12], deren Arbeit über die Schulung des Geistes ich jedem Lehrer empfehle, ist dabei auf eine ebenso einfache wie erfinderische Methode gestoßen. Sie hat eine drehbare Tafel, auf die sie verschiedene Figuren, Zahlen, Wörter und Sätze schreibt, die sie, den Umständen entsprechend, zwei, drei Sekunden lang dem Blick der Klasse preisgibt, und sie dann auffordert, das Geschriebene wiederzugeben. Mit der Zeit reagieren die Schüler erstaunlich schnell, besonders die Mädchen, und sind dazu in der Lage, eine Vielzahl von Dingen mit einem Blick aufzunehmen. Detektive werden, wie man mir sagt, nach einer ähnlichen Methode geschult; ein Mann wird beispielsweise rasch an einem Schaufenster vorbeigeführt und aufgefordert, die Dinge zu benennen und zu beschreiben, die er dort sah. Das Leben selbst ist freilich mehr oder weniger eine Schule von dieser Art, aber die Fähigkeit zur konzentrierten Aufmerksamkeit bedarf bei den meisten Menschen einer Stimulation. Hier kommt der Verdienst von Schulen für Werkunterricht ins Spiel. Um etwas zu *machen*, etwas anzufertigen, müssen die geistigen Kräfte gebündelt werden. Ein Junge, der ein Boot baut, wird etwas gewinnen, was kein Buch auf der Welt ihm geben kann. Das Konkrete, das Bestimmte, die Fuchtel der wirklichen Dinge, die erzieherischen Werte, die darin liegen, können nicht hoch genug eingeschätzt werden.

IV

Das Buch der Natur ist wie eine Seite, die mit unterschiedlich großen Typen in vielen verschiedenen Sprachen beschrieben oder bedruckt ist, interlinear und mit Querzeilen sowie mit einer Vielzahl von Anmerkungen und Verweisen am Rand versehen. Es gibt den Grobdruck und das Kleingedruckte; es gibt obskure Zeichen und Hieroglyphen. Wir alle lesen die große Drucktype auf mehr oder weniger genüssliche Weise, doch nur die Naturkundler und Naturliebhaber lesen die Zeilen im Kleindruck und die Fußnoten. Es ist ein Buch, das derjenige am besten liest, der ganz langsam geht oder im Vorübergehen lange verweilt. Wer rennt, mag wohl manche Dinge lesen. Wir mögen die allgemeinen Merkmale des Himmels, der Ebene und des Flusses vom Expresszug aus aufnehmen, doch nur der Fußgänger, der Bummler mit Augen in seinem Kopf und Liebe in seinem Herzen, dreht jedes Blatt um und nimmt jede Zeile genau unter die

Lupe. Ein Mensch sieht nur die Wasserzugvögel und die größeren Vögel der Lüfte; ein anderer sieht auch die vorbeifliegenden Goldhähnchen und die vorübereilenden Grasmücken. Was mich angeht, so habe ich eine wahre Freude daran, mich mit jeder Seite und ihrem wunderbaren Eintrag lange aufzuhalten und mich liebevoll näher mit ihrem höchst obskuren Text zu befassen.

Es bereitet mir Vergnügen, die ganz kleinen Dinge um mich herum zu bemerken. Ich bin sogar interessiert an den Flugbahnen der Wildbienen und an all jenen kleinen Dramen und Tragödien, die sich auf dem Feld und im Wald ereignen. Während meiner Wanderung an einem Junitag, als ich ein ziemlich trockenes, hoch gelegenes Feld querte, wurde meine Aufmerksamkeit auf kleine Haufen, kaum mehr als je eine Handvoll frischer Erde, gelenkt. Als ich genau hinsah, bemerkte ich, dass sich in der Mitte jedes Häufchens ein Loch befand, das nicht einmal so groß wie eine Bleistiftmine war. Nun, ich hatte diese Haufen nie zuvor gesehen, und meine Neugier war geweckt. „Hier gibt es einen Kleindruck", sagte ich, „den ich übersehen habe." So machte ich mich an die Arbeit und versuchte, ihn zu lesen; ich wartete auf ein Lebenszeichen. Sogleich sah ich hier und da eine Biene über den Haufen herumschweben. Das Ganze sah nach Honigbienen aus, nur farblich und im Verhalten weniger deutlich hervortretend. Eine davon ließ sich auf einem Haufen in meiner Nähe nieder und wollte gerade in dem Loch in der Mitte verschwinden, als ich sie in meiner Hand erwischte. Obwohl sie mich stach, hielt ich sie zurück und betrachtete sie genau; dabei wurde ich mehrmals gestochen, aber der Schmerz war unerheblich. Ich sah, dass es eine unserer heimischen Wildbienen war, eine Verwandte des Blattrollers, die ihre Nester unter Steinen und in morschen Zaunlatten bauen. (Bei Packard[13] fand ich sie beschrieben unter dem Namen *Andrena*.) Dann steckte ich einen dünnen Halm in eins der Löcher, und mit einer kleinen Kelle, die ich mit mir führte, hob ich das Nest aus. Das Loch war etwa dreißig Zentimeter tief; am Ende stieß ich auf einen kleinen, halb durchsichtigen, membranartigen Beutel oder eine Zelle, etwas größer als die der Honigbiene; in diesem Beutel befand sich ein Kügelchen aus gelbem Pollen – ein Laib Brot für die junge Larve, wenn das Ei ausgebrütet ist. Ich untersuchte andere Nester, und es war überall das Gleiche. Diese Entdeckung war keine große Ergänzung zu meiner Naturkenntnis, aber sie war immerhin etwas. Wenn ich jetzt die Zeichen auf einem Feld sehe, weiß ich, was sie bedeuten: Sie verweisen auf die winzigen irdenen Wiegen der *Andrena*.

Ganz in der Nähe entdeckte ich zufällig ein großes Loch in der Grasnarbe, ohne Erdaufschüttung daneben. Ich konnte die Spitze meines kleinen Fingers hineinstecken. Ich starrte nach unten und sah den Schimmer von zwei kleinen, perlenartigen Augen. Ich wusste, dass es der Bau einer Wolfsspinne war. Wartete sie etwa darauf, dass irgendein tölpelhaftes Insekt hineinstolpern würde? Ich sage ‚sie', weil das wahrhafte Ungeheuer unter den Spinnen das Weibchen ist. Das Männchen ist klein und hat geringe Auswirkungen. Ein paar Tage später hielt ich erneut vor diesem Bau inne und sah die Gliedmaßen der Riesin vor ihrer eigenen Tür verstreut. War ein Insekt, Jack, der Riesen-Killer, dort gewesen, oder hatte eine noch schrecklichere Riesin, die Cicada-Killer-Wespe, sie herausgezogen und ihren gliederlosen Leib in ihr Nest an der Böschung geschleift?

Was die Wolfsspinne mit der Erde macht, die sie beim Bau ihres Nests ausgräbt, ist ein Geheimnis. Nirgendwo gibt es ein Zeichen davon. Arbeitet sie sich nach unten, indem sie die Erde an eine Seite presst und sie dort fest verdichtet? Der Zugang zum Loch weist üblicherweise eine leichte Kante oder einen Saum auf, um zu verhindern, dass der Rand hineinbröckelt.

Der Zufall wollte es, dass ich am selben Tag auf eine weitere interessante Fußnote stieß. Ich war auf dem Weg zu einem Moorsumpf in den Wäldern, um zu sehen, ob der Königin-Frauenschuh blühte. Genau am Rande des Sumpfes, im tiefen Schatten der Hemlocktannen, fiel mir ein kleines unförmiges Geschöpf ins Auge, das fluchtartig über den Boden kroch. Ich bückte mich und sah, dass es ein Exemplar einer großen Mottenart war, die gerade ihren Larvensack verlassen hatte und in großer Eile war, einen geeigneten Ort zu finden, an dem sie sich aufhängen und ihren Flügeln ermöglichen könnte, sich zu entfalten, bevor die Luft sie trocknete. Ich warf einen kleinen Zweig in ihren Weg, den sie sofort erfasste. Ich hob ihn behutsam auf, trug ihn zu einem trockeneren Grund und befestigte den Stock in der Astgabel eines Baumes, sodass die Motte gut einen Meter frei über dem Boden hing. Ihr Leib war fast bis auf den Umfang eines kleinen menschlichen Fingers aufgebläht, und Flügel überragten ihn, die so knittrig und stummelig waren, dass sie ziemlich verkümmert aussahen. Das Geschöpf wusste offenbar genau, was es wollte, und um die Wichtigkeit, dass Eile geboten war. Augenblicklich fingen diese groben, stummeligen Flügel zu wachsen an. Es war ein langsamer Prozess, aber von Minute zu Minute konnte man die Wandlung verfolgen. Während die Flügel sich weiteten, zog sich der Leib zusammen. Durch eine Art Pumpanordnung wurde Luft aus einem Speicher des einen in die Schläuche der anderen gepresst. Die Flügel wuchsen nicht wirklich, wie es zuerst den Anschein hatte, sondern sie entfalteten und weiteten sich durch diesen pneumatischen Druck aus dem Leib. Im Verlauf etwa einer halben Stunde war der Prozess abgeschlossen und das geflügelte Geschöpf hing dort in seiner voll entwickelten Schönheit. Seine Farbe war schwarz-weiß gescheckt wie der Rücken eines Seetauchers, aber seinen Namen kenne ich nicht. Wenn man einmal von dem Interesse absieht, das wir gemeinhin jeder neuen Lebensform entgegenbringen, wurde mein Hauptinteresse von der extremen Unruhe des Geschöpfs geweckt, eine Stange zu erreichen, wo es seine Flügel entfalten könnte. Ein kleiner Aufschub nur wäre ihm zum Verhängnis geworden. Ich frage mich, wie viele menschliche Genien ausgebrütet werden, deren Flügel durch einen Unfall oder bedauerliche Umstände verschandelt worden sind. Oder entfalten sich die Flügel des Genius immer, ganz gleich, in welcher Umgebung?

Es kommt selten vor bei einer Wanderung, dass man nicht etwas von dem Kleingedruckten auf der Seite der Natur begegnet. Gerade ist es eine gelblich weiße Motte, die sich mitten auf einem Blatt ausbreitet, als wollte sie den Vogelkot nachahmen; oder es sind die jungen Zikaden, die sich aus der Erde hoch- und herausarbeiten und an feuchten, kühlen Stellen kleine Schlote oder Röhren über dem Grund bauen, um mehr Wärme zuzuführen und ihre Entwicklung zu beschleunigen; der Waldmolch, der gerade eine Baumgrille frisst, oder eine kleine Schlange, die den Molch verschlingt, oder ein Vogelgesang, der in seiner Eigenart hervorsticht – mit einem seltsamen Defekt oder einer seltenen Vortrefflichkeit. Gerade ist es ein Würger, der sein Opfer aufspießt, oder Blauhäher, die sich über einen Habicht lustig machen, ihn reizen und sich rasch ins Geäst fallen lassen, um seinen wütenden Hieben zu entgehen, oder eine Wanderdrossel, die einen Kuckuck aus dem Baum verdrängt, wo ihr Nest sich befindet, oder ein Vireo, der einen Kuhstärling verscheucht, oder das Rebhuhn, das um Ihre Füße herum tobt, bis seine Jungen verdeckt sind. An einem Oktobermorgen ging ich den Weg am Waldrand entlang und bekam einen sanften Schauer aus Butternüssen ab; eine davon traf meine Hutkrempe. Ich hielt inne und schaute mich um; hier fiel eine, dort eine andere, und da drüben eine dritte. Es ging kein Wind, und ich fragte mich, was es war, das die Butternüsse löste. Als ich mich dem Baumwipfel zuwandte, bekam ich alsbald die Erklärung zu sehen: Ein rotes Eichhörnchen war bei der Arbeit, seine Ernte einzubringen. Dabei fasste es nach einer Nuss, drehte sie, bis sie herunterfiel; dann huschte es zur nächsten und zur nächsten. Weiter weg fand ich die Stelle, wo es den Boden mit Fruchtbechern der Kastanie abgedeckt hatte; es konnte nicht warten, bis der Frost und die Winde kamen; wusste es, dass die Fruchtbecher auf dem Boden austrocknen und sich öffnen würden und dass die bittere Schale der Butternuss bald von der Frucht abfallen würde?

Es gibt drei Dinge, die sich in meiner Nähe vielleicht in jeder Jahreszeit ereignen und die ich bislang nie gesehen habe – die sich häutende Kröte, die Schlange, die ihre Jungen verschluckt, und die Larven von Motte und Schmetterling, wie sie ihre Umhüllungen bauen. Es ist umstritten, ob die Schlange ihre Jungen verschluckt oder nicht, aber wenn es keinen anderen guten Grund dafür gibt, dann ziehen sie sich vielleicht deshalb in den Magen ihrer Mutter zurück, um sich zu nähren. Dass die Mottenlarve ihren eigenen Kokon weben und ihn an einem Zweig anbringen kann, scheint weniger glaubhaft. Bei meinem gestrigen Spaziergang fand ich einen harten, silbergrauen Kokon, ungefähr fünf Zentimeter lang, in der Form einer ägyptischen Mumie (wahrscheinlich *Promethea*[14]). Er hing an einem stabilen, schmalen Streifen, der doppelt so lang war wie er selbst, vom Zweig eines Buschs herab. Die Befestigung war um den Zweig gewebt, wo der Kokon sich einrollte, als würde er dort wachsen. Ich hätte etwas darum gegeben, zu sehen, wie das Geschöpf diesen Kraftakt vollzogen hat, um sich dann so behaglich in die seidene Hülle am Ende dieser Leine einzuschließen. Indem es da frei pendelte, war seine feste, kompakte Kapsel nicht durch Spechte gefährdet, was der Fall gewesen wäre, wenn es direkt auf einem Ast oder Baumstamm gelegen hätte. In der Nähe befand sich der Kokon einer anderen Spezies (*Cecropia*[15]), der unmittelbar am Ast befestigt war; doch der war unspezifisch, lose und viel verwickelter und netzartiger. Ich habe gesehen, wie der Dunenspecht einen dieser Kokons angegriffen hat, doch seine nachgiebige Oberfläche und das gewebeartige Innere schienen ihn stutzig zu machen.

Ich bin sogar daran interessiert, wie jede Kletter- oder Schlingpflanze am Pfosten hinaufsteigt, ob von rechts nach links oder von links nach rechts – das heißt, im oder entgegen dem Uhrzeigersinn –, ob sie dem Gesetz der großen Wirbelgewitter der nördlichen Hemisphäre untersteht, die alle entgegen dem Uhrzeigersinn verlaufen, oder in der entgegengesetzten Richtung, wie die Zyklone der südlichen Hemisphäre. Ich habe meine Freude an jedem noch so kleinen tänzelnden Wirbelwind an einem Sommertag, der vor mir den Staub oder Blätter aufnimmt, und an jedem kleinen trichterförmigen Strudel in dem angeschwollenen Flusslauf, ganz gleich, ob sie sich von rechts nach links oder andersherum drehen. Wenn ich mich in der südlichen Hemisphäre aufhielte, bin ich sicher, dass ich merken würde, ob diese Dinge diesbezüglich dem Gesetz ihrer Zyklone oder dem der unseren gehorchen. Es gilt die Regel, dass unsere Windepflanzen und kleinen Windhosen unsere sich drehenden Stürme nachahmen und entgegen dem Uhrzeigersinn verlaufen. Aber es gibt Ausnahmen. Während die Bohne, der Bittersüße Nachtschatten, die Ackerwinde sich von links nach rechts hochbewegen, drehen sich der Hopfen, der wilde Buchweizen und manch andere von rechts nach links. Die meisten unserer Waldbäume neigen dazu, sich so oder so zu winden, die Harthölzer gehen in die eine Richtung und die Hemlocktannen, Kiefern, Zedern, Butternuss und Kastanie in die andere. An anderen Orten oder auf anderen Geländeformationen stelle ich fest, dass die Richtungen vertauscht sind. Ich erinnere mich beispielsweise an den Fall einer Hemlocktanne mit einem Durchmesser von etwa siebzehn Zentimetern, wo diese Tendenz, sich zu drehen, gewissermaßen aus der Maserung resultierte und so die äußere Form des Baumes bestimmte und ihn dazu trieb, in einem Aufstieg von knapp einem Meter eine vollständige Windung um einen größeren Baum ganz in seiner Nähe zu vollziehen. Dasselbe, nur in einem kleineren Maßstab, habe ich bei einer Kiefer beobachtet.

Leute, die sich im Wald oder auf der Ebene verirrt haben oder nachts unterwegs sind, tendieren, glaube ich, nach links. Man sagt, die Bewegungen der Männer und die der Frauen würden sich diesbezüglich unterscheiden, das eine Geschlecht würde sich nach rechts, das andere nach links wenden.

Es hatte mehr als fünfzig Jahre gedauert, bis ich eine Besonderheit an den Lichtstrahlen ausmachte, die, wie man oft sehen kann, aus einer Wolkenlücke oder einer Reihe von Wolkenlücken gestreut werden, dass sie wie Speichen eines Rades sind, dessen Nabe oder Zentrum sich gerade dort in der dampfigen Masse zu befinden scheint, anstatt, was wirklich der Fall ist, fast dreiundneunzig Millionen Meilen darüber hinaus zu liegen. Die Lichtkegel, die durch Ritzen oder Spalten einer Mauer dringen, konvergieren nicht in dieser Weise, sondern verlaufen dem Anschein nach parallel zueinander. Eine weitere Tatsache kommt dazu: Diese fächerartige Vorführung konvergierender Strahlen stellt sich immer augenblicklich vor dem Betrachter ein; das heißt, genau zwischen ihm und der Sonne, sodass die zentrale Speiche oder der zentrale Strahl vor ihm immer senkrecht ist. Man kann diesen Fächer weder rechts noch links von der Sonne sehen, sondern nur zwischen sich selbst und der Sonne. Deswegen sehen bei einem Regenbogen keine zwei Menschen genau dieselben Strahlen.

Das Auge sieht das, wozu ihm die Mittel gegeben sind, und seine Mittel stehen in einem Verhältnis zur Liebe und zum Begehren dahinter. Das Auge wird informiert und geschärft durch den Gedanken. Mein Junge sieht Enten auf dem Fluss, an einem Ort und zu einer Zeit, da ich sie nicht sehen kann, weil er zu bestimmten Jahreszeiten Enten ersinnt und Enten erträumt. Einmal fragte mich mein Nachbar, ob die Bienen meinen Weintrauben Schaden zugefügt hätten.

Ich sagte: „Nein, die Bienen fügen meinen Weintrauben nie einen Schaden zu."

„Meinen sehr wohl", antwortete er, „sie durchstechen das Häutchen wegen des Safts, und manchmal hängen die Trauben voll mit ihnen."

„Nein“, sagte ich, „nicht die Bienen durchstechen das Häutchen; es sind die Vögel.“

„Was für Vögel?“

„Die Trupiale.“

„Aber ich habe keine Trupiale gesehen“, erwiderte er.

„Wir schon“, fuhr ich fort, „weil wir zu dieser Jahreszeit Trupiale im Sinn haben; wir haben durch Erfahrung gelernt, wie schädlich diese Vögel für unsere Weinberge sind, und wir halten Ausschau nach ihnen; unsere Augen und Ohren sind auf sie vorbereitet.“

Wenn wir Vögel im Sinn haben, dann sehen wir Vögel, wohin wir auch gehen; wenn wir Pfeilspitzen im Sinn haben, wie Thoreau, dann werden wir von jedem Feld Pfeilspitzen auflesen. Manche Leute haben ein Auge für vierblättrige Kleeblätter; sie sehen sie, wenn sie hastig über die Grasnarbe laufen, denn sie stehen ihnen schon vor dem geistigen Auge. Ich ging einmal mit dem kürzlich verstorbenen Professor Eaton aus Yale spazieren. Er war damals gerade besonders an Moosen interessiert, und er fand sie, alle Arten, überall. Ich sehe ihn noch vor mir, wie er alle paar Minuten in die Knie geht und vor einem seltenen Exemplar seine Augengläser richtet. Die Schönheit, die er in ihnen vorfand und auf die er mich hinwies, rief auch bei mir

Begeisterung hervor. Einmal verbrachte ich einen Sommertag in den Bergen im Haus einer bekannten Literatin und Redakteurin. Sie klagte darüber, dass die Vögel ihrem Haus fernblieben. Ich zählte ein halbes Dutzend oder mehr auf, die ich im Verlauf einer Stunde in ihren Bäumen gehört oder gesehen hatte – den Indigofink, den Purpurgimpel, den Gold-Waldsänger, die Wilson-Drossel, den Rotaugenvireo und die Singammer.

„Wollen Sie etwa sagen, dass Sie all diese Vögel gesehen und gehört haben, während Sie hier auf meiner Veranda gesessen haben?", fragte sie.

„Genau so ist es", sagte ich.

„Ich sehe sie nicht und höre sie auch nicht", antwortete sie, „und doch will ich es so sehr."

„Nein", sagte ich, „Sie *wollen* sie nur hören und sehen *wollen*."

Man muss den Vogel in seinem Herzen tragen, bevor man ihn im Gebüsch vorfinden kann.

Eines Tages saß ich zusammen mit dem örtlichen Nimrod[16] vor einem Farmhaus. In einem Ahornbaum vor uns sah ich den Großen Schnäppertyrann. Ich machte den Jäger darauf aufmerksam und fragte ihn, ob er diesen Vogel je zuvor schon einmal gesehen hätte. Nein, hatte er nicht; der Vogel war ihm unbekannt. Aber er hatte ihn wahrscheinlich schon zigmal gesehen –

gesehen, ohne ihn zu betrachten. Das war nicht die Art Wild, nach dem er auf der Suche war, und sein Auge beachtete den Vogel nicht.

Menschliche und künstliche Geräusche und Gegenstände bedrängen uns; sie befinden sich sozusagen innerhalb unseres Wirkungskreises; dem Leben der Natur aber müssen wir auf halbem Wege entgegenkommen; es ist scheu, zurückgezogen und verschmilzt mit einer riesigen wertfreien Vergangenheit zu einer Einheit. Der Funke muss überspringen; das Leben der Natur ist eine Ordnung, deren Geheimnisse wohl gehütet sind.

Mitten unter den gepflegten, sich eilig fortbewegenden Stiefeln mit hohen Absätzen und Gamaschen bekomme ich gelegentlich auf dem Gehsteig einen bloßen menschlichen Fuß zu sehen. Geschickt schlurft er dahin, die Zehen spreizen sich, die Seiten sind geplättet, die Ferse steht hervor; er krallt sich an den Bordstein oder passt sich der unebenen Oberfläche an – ein sinnenhaftes und lebendiges Ding, das von allem, was es berührt und an dem es vorbeigeht, Notiz zu nehmen scheint. Wie primitiv und unhöflich er in solcher Gesellschaft aussieht – ein echter Barbar in der guten Stube! Wir haben uns der menschlichen Anatomie, der einfachen, schmucklosen Natur so sehr entwöhnt, dass er ein wenig abstoßend wirkt; doch all das macht seine Schönheit aus. Auch wenn es ein schwarzer und ungewaschener Fuß ist, soll er erhöht werden. Er ist ein Ding des Lebens, umstellt von Leder, ein freier unter beengten Geistern, ein wilder Vogel unter den im Käfig gehaltenen, ein Athlet unter Schwindsüchtigen. Er ist das Symbol meines Ordens, des Ordens der Gehenden. Diese unbehinderte, wesentliche Spielfigur der Anatomie ist der Typ des Fußgängers, der Mensch, der in unmittelbarem Kontakt und Wechselwirkung mit der Erde und den Elementen zu den Grundprinzipien zurückgekehrt ist. Seine Fähigkeiten werden zum Vorschein gebracht, sein Geist ist formbar, sein Körper gespannt, sein Herz leicht, seine Seele geweitet; dagegen sind jene eingeengten und verspannten Glieder in Kalbs- und Ziegenleder die unglücklichen Kerle, die zu Fuhrwerken und Kissen verdammt sind.

Ich will hier nicht für den unnützen Gebrauch von Stiefeln und Schuhen einstehen oder dafür, dass man sich von den verbesserten Reisemöglichkeiten fernhalten sollte; doch ich prahle nach Herzenslust im Namen des Fußgängers und zeige, wie all die glitzernden Engel dem Menschen sekundieren und den begleiten, der zu Fuß geht, während alle dunklen Geister stets nach einer Gelegenheit für einen Ritt Ausschau halten.

Wenn ich mir die Unannehmlichkeiten ansehe, die kräftige Amerikaner in Kauf nehmen, anstatt eine Meile oder eine halbe zu Fuß zu gehen, die Schmähungen, die sie ertragen und befördern, wenn sie bei einem kleinen Temperatursturz oder bei ein paar Zentimetern Neuschnee sich in die Straßenbahn quetschen, dicht gedrängt bis zum Übergehen, an den Haltegriffen baumelnd treten sie sich gegenseitig auf die Füße, atmen den Atem der anderen, erdrücken Frauen und Kinder, klammern sich mit aller Macht an einen Quadratzentimeter des Trittbretts, bringen ihre Glieder in Gefahr und töten die Pferde – dann denke ich, dass der gemeinste Landstreicher auf der Straße einen guten Grund hat, sich selbst zu dem seltenen Privileg zu beglückwünschen, dass er zu Fuß geht. Fürwahr, ein Geschlecht, das diese primitive Gabe vernachlässigt oder verabscheut, das die Berührung der Erde fürchtet, keine Gehwege hat, über keinen Gemeinbesitz auf dem Land verfügt, den sie voraussetzen, das den Gehenden als Eindringling vom Grundstück weist, das keine andere Straße kennt als den Straßendamm, das den Zaunübertritt vergisst, die Fußgängerbrücke, das selbst die Rechte des Fußgängers auf der öffentlichen Straße missachtet, das ihm keinen anderen Fluchtweg bietet als in den Graben oder hoch auf den Damm, ist auf einem guten Weg zu einer weit ernsteren Degeneriertheit.

Nach Shakespeare ist die wichtigste Voraussetzung für den Gehenden ein frohes Herz:

„Auf geht's, auf geht's, den Fußpfad lang,
und fröhlich geschwind über den Graben;
ein frohes Herz geht den ganzen lieben Tag,
das betrübte schafft keine Meile."[17]

Der menschliche Körper ist ein Ross, das unter einem leichten Reiter am freisten und längsten läuft, und der leichteste aller Reiter ist ein frohes Herz. Ihr betrübtes, mürrisches, verbittertes oder zu sehr in Anspruch genommenes Herz schwingt sich mit schwerer Last in den Sattel, und das arme Tier, der Körper, bricht nach der ersten Meile zusammen. Wahrlich, das schwerste Ding auf der Welt ist ein schweres Herz. In der Folge gilt dem Gehenden ein Herz als beschwerlich, das nicht in vollkommenem Einklang mit dem Körper steht – ein widerstrebendes oder unwilliges Herz. Pferd und Reiter müssen nicht nur beide gewillt sein, denselben Weg einzuschlagen, sondern der Reiter muss führen und das Ross mit seiner eigenen Leichtigkeit und seinem Bestreben durchdringen. Darin liegt zweifellos unser Problem und ein Grund für den Verfall der erhabenen Kunst in diesem Land. Wir sind lustlose Geher. Wir sind nicht unschuldig und naiv genug, uns am Gehen zu erfreuen. Wir haben jenen Zustand der Gnade verlassen, der eine Freude am Gehen mit sich bringt. Man kann nicht behaupten, dass wir als Menschen so eindeutig traurig, missmutig oder melancholisch sind, dass wir nichts mehr von jener Ausgelassenheit und dem Überschuss der Lebensgeister in uns hätten, die unsere Vorfahren ausmachten und die sich aus einem erfüllten und harmonischen Leben ergeben – einem gesunden Herzen im Einklang mit einem gesunden Körper. Ein Mensch muss sich mit gewöhnlichen Dingen ausstatten, die in der Nähe sind, und er muss zufrieden sein mit einem stetigen und bescheidenen Ertrag, wenn er die Seligkeit eines fröhlichen Herzens und die Süße des Gehens über das Erdenrund erfahren möchte. Das ist eine Lektion, die der Amerikaner noch lernen muss – die Befähigung, sich maßvoll zu unterhalten. Er erwartet schnelle und außerordentliche Ergebnisse. Er würde den bloßen Naturgesetzen einen Zinswucher aufbürden. Da ist nichts, was er ins Gehen investieren würde; es ist zu langsam, zu wohlfeil. Wir sehnen uns nach dem Erstaunlichen, dem Aufregenden und der Ferne und erkennen die Straßen der Götter nicht, wenn wir sie sehen – immer ein Zeichen für den Verfall des Glaubens und der Einfachheit des Menschen.

Wenn ich zu meinem Nachbarn sage, „Komm mit, ich muss dir große Wunder zeigen“, dann spitzt er seine Ohren und kommt sofort mit; aber wenn ich ihn zu den Hügeln unter dem kräftigen Sonnenglanz mitnehme oder die Landstraße entlang, wo unsere Schritte von Mond und Sternen beschienen werden, und ihm sage: „Schau hin! Das sind die Wunder, das sind die Kreise der

Götter. Wir betreten gerade einen Morgenstern", dann fühlt er sich betrogen, als hätte ich ihm einen Streich gespielt. Und doch sind Ausdehnung und Begeisterung wie diese nichts weniger als das Abzeichen des Meister-Gehers.

Wenn wir nicht traurig sind, dann sind wir verhärmt, gehetzt, unzufrieden und belasten die Gegenwart mit einer Hypothek für das Versprechen der Zukunft. Wenn wir gehen, so ist das, wie wenn wir ein Rezept einlösen, mit ungefähr demselben Genuss und demselben Zweck; und je größer die Erschöpfung, desto stärker unser Glaube an die Wirkung der Medizin.

Von den vergnüglichen Schlendergängen über die Hügel im Frühling oder jenen Ausflügen des Körpers im Winter, den Exkursionen im offenen Gelände, wenn bei jedem Schritt die Füße brennen, wenn die Luft nach einer neuen und feineren Mischung schmeckt, wenn wir beim Gehen Kraft und Freude sammeln, wenn der Anblick von Gegenständen am Wegrand, von Feldern und Wäldern mehr gefällt als Bilder oder die ganze Kunst der Welt – diese Strecken von zehn oder zwölf Meilen, die bloß ein Witz und der Ausfluss der körperlichen Kräfte sind, von solcher Zerstreuung und Unterhaltung der offenen Straße, würde ich sagen, wissen die meisten von uns sehr wenig.

Ich stelle mit Erstaunen fest, dass an unseren modischen Thermalkurorten niemand geht; dass man aus der großen Menge von Gesundheitsanbetern und Landluftfanatikern nie einen auf Feldern oder im Wald erwischt; auch nicht einen, der sich schuldig machen würde, mit Staub auf den Schuhen, gebräuntem Gesicht und Händen auf der Landstraße herumzustapfen. Das einzige Vergnügen scheint darin zu bestehen, dass man isst, sich ankleidet, ums Hotel herumsitzt und sich gegenseitig anstarrt. Die Männer sehen gelangweilt aus, die Frauen erschöpft, und alle scheinen zu seufzen: „Oh Gott! Was sollen wir nur machen, um glücklich und nicht geschmacklos zu sein?“ Ziemlich verschieden von unseren britischen Cousins über dem Teich, die viel Spaß haben und ausgelassen sind, wenn sie die meiste Zeit an ihren Kurorten an der frischen Luft verbringen, spazieren gehen, Picknick machen, mit dem Boot fahren, klettern, zügig gehen und anscheinend kaum befürchten, dass die Sonne sie bräunen oder ihre „vornehme Herkunft“ gefährdet werden könnte.

Es ist in der Tat erstaunlich, mit welcher Leichtigkeit und Ausgelassenheit die Engländer gehen. In den Augen des Amerikaners scheint es eine Art Narretei. Als Dickens hier war, glaube ich, waren die Anwärter auf die Ehre eines Spaziergangs mit ihm nicht gerade zahlreich. Über die Fußreise eines Amerikaners durch England las ich: „Nach dem Frühstück mit dem unabhängigen Gesandten ging er sechs Meilen mit uns auf der Straße zur Stadt hinaus. Drei kleine Jungen und Mädchen, das jüngste sechs Jahre alt, begleiteten uns. Sie tollten die ganze Zeit herum und schweiften umher, und ihr Morgenspaziergang muss gut fünfzehn Meilen lang gewesen sein; aber sie ließen sich nichts davon anmerken, und als wir uns trennten, waren sie anscheinend so frisch wie von Beginn an und sehr abgeneigt, umzukehren."

Ich fürchte auch, dass der Amerikaner wegen der mannhaften Art des Gehens durch den Schwund seiner Fußgröße disqualifiziert wird. Er hegt und pflegt diesen Teil seiner Anatomie und denkt vermutlich, dass man von seiner zierlichen Größe auf seinen Geschmack und seine gute Kinderstube Rückschlüsse ziehen muss. Ein kleiner gepflegter Fuß, der gut gestiefelt oder mit Gamaschen besetzt ist, gilt als nationale Eitelkeit. Wie wir auf die großen Füße der Fremden starren und uns fragen, wie teuer wohl das Leder in diesen Ländern ist und wo das ganze aristokratische Blut hin ist, dass diese plebejischen Extremitäten so herausragen! Wenn wir in das Vertrauen der Schuster Eurer Majestät oder Eurer Königlichen Hoheit gezogen würden, dann müssten wir gewiss unsere Ansichten bezüglich des letzten Punkts modifizieren, denn eine wahrhaft große und königliche Natur weist niemals verkümmerte Extremitäten auf; ein kleiner Fuß hat bislang nie einen großen Charakter gestützt.

Man sagt, wenn Engländer zum ersten Mal in unser Land kommen, stünden sie eine gewisse Zeit unter dem Eindruck, dass amerikanische Frauen allesamt deformierte Füße haben, dass sie deswegen so verschämt und sorgsam darauf bedacht seien, sie versteckt zu halten. Dass es diesbezüglich einen erstaunlichen Unterschied zwischen den Frauen der beiden Länder gibt, wird jeder Reisende bezeugen; und dass ein ebenso überraschender Unterschied zwischen den Gewohnheiten des Fußgängers und den Fertigkeiten der rivalisierenden Schwestern besteht, ist genauso gewiss.

Der englische Fußgänger hat uns gegenüber zweifellos einen klimatischen Vorteil; denn ungeachtet des traditionell düsteren und verdrießlichen englischen Himmels gibt es in diesem Land keine dieser erholsamen, einsinkenden, nervtötenden Tage, von denen wir hier so viele haben und die anscheinend besonders anstrengend für die weibliche Verfassung sind – Tage, die dem Rücken und den Lenden jeglichen Rückhalt entziehen und vor allem das Gehen erschweren. Von ihrem Klima ist berichtet worden, dass es „Menschen aus dem Ausland an mehr Tagen jährlich und mehr Stunden täglich einlädt als das Klima irgendeines anderen Landes".

Dann ist ihr Land von Pfaden durchzogen, die den Gehenden einladen und kaum weniger bedeutsam sind als die Heerstraßen. Ich habe von einem griesgrämigen Edelmann aus der Nähe von London gehört, der es sich in den Kopf gesetzt hat, einen Fußpfad zu sperren, der durch sein Grundstück an seinem Haus vorbeiführte, und dafür einen anderen, etwas entlegeneren öffnete. Die Fußgänger protestierten; die Sache kam vor Gericht, und nach einem langwierigen Verfahren unterlag der Aristokrat. Der Pfad konnte weder geschlossen noch verlegt werden. Das menschliche Gedächtnis umfasste nicht die Zeit, als es da noch keinen Fußpfad gab und jeder Fußgänger dort das Wegerecht haben sollte.

Ich erinnere mich an das Vergnügen, das mir auf dem Weg zuteil wurde, der Stratford-on-Avon mit Shottery verbindet, Shakespeares Weg, als er Anne Hathaway[18] den Hof machte. Über die Heerstraße des Königs ist die Entfernung etwas größer, also gibt es einen gut begangenen Pfad an den Hecken vorbei über Wiesen und Rübenäcker. Wer dort reist, hat das Privileg, Eisenbahnschienen zu überqueren, ein ungewöhnliches Privileg in England, zudem eines, das dem Lord in seiner Kutsche versagt ist, denn er muss darüber hinweg oder unten hindurch gehen. (Es ist ein Privileg, nicht wahr, wenn einem das Verbotene erlaubt ist, selbst wenn es das Privileg wäre, von der Lokomotive überrollt zu werden?) Als ich auch über die South Downs spazierte, war ich entzückt zu sehen, dass an der Stelle, wo der Hügel am steilsten war, ein Wohltäter des Ordens der Gehenden Kerben in der Grasnarbe hinterlassen hatte, sodass der Fuß besser Tritt fassen konnte; der Pfad wurde zu einer Art Stufengang, dem der Pflüger gewiss Respekt zollte.

Wenn man eine ausrangierte, abgelegene englische Kirche auf dem Land sieht, die auf Rädern nicht erreichbar zwischen grasbewachsenen Gräbern und von ehrwürdigen Bäumen umgeben ist und zu der Pfade oder schattige Wege führen, dann würdigt man mehr denn je diese schöne Gewohnheit der Leute. Nur ein Geschlecht, das weiß, wie es seine Füße gebraucht, und Fußpfade für heilig hält, vermochte eine solche Anordnung in ihrer Ungestörtheit und Demut so anmutig zu gestalten. Ich glaube, ich wäre versucht, selbst in die Kirche zu gehen, wenn ich meine Nachbarn sähe, wie sie querfeldein oder über Wege gingen, die zu so anmutigen Orten führen, und ich wäre sicher, die rivalisierenden Streitwägen der Anbeter an den Türen des Tempels würden mich weder anrempeln noch über den Haufen fahren. Ich denke, das ist es, woran unsere Religion so kränkelt; Demut und Frömmigkeit des Herzens setzen aus, wenn man seine Wanderschuhe und Wanderkleider ablegt und aufbricht, um sich von irgendetwas zur Kirche ziehen zu lassen.

Ich denke, es würde einer erstaunlichen Wiederbelebung der Religion gleichkommen, wenn die Leute alle sonntags zu Fuß zur Kirche und wieder nach Hause gehen würden. Stellen Sie sich vor, wie die Steine am Wegrand zu ihnen predigen würden; wie ihre betäubten Lebensgeister sich unter der Reibung des Schotters warmlaufen würden; wie ihre eitlen und närrischen Gedanken, ihre Verzagtheit, ihre Dämonen jedweder Art von ihnen abfallen würden; sie wären nicht dazu in der Lage, Schritt zu halten oder die frische Luft zu ertragen! Sie würden ihrer Langeweile entkommen, ihrem weltlichen Kummer, ihrer Lieblosigkeit, ihrem Stolz auf die Kleidung; denn diese Teufel wollen immer nur reiten, während die schlichten Tugenden nie glücklicher sind als zu Fuß. Lasst uns auf alle Fälle gehen; und wenn wir denn reiten, sollten wir einen Esel nehmen.

Dann behaupten die Engländer, dass sie ein herzlicheres und robusteres Volk als wir seien. Es ist gewiss, dass sie ein einfacheres Volk sind, einen einfacheren Geschmack haben, sich einfacher kleiden, auf einfachere Weise bauen, einfacher sprechen, sich mehr an Fakten halten, breitere Schuhe und grobere Kleider tragen und sich selbst nicht auf eine so hohe Stufe stellen – all dies sind Merkmale, die dem Fußgänger zupass kommen. Der englische Grande ist nicht an seine Kutsche gebunden; doch wenn der amerikanische Aristokrat die seine verlässt, ist er ruiniert. Ach, die Lustlosigkeit, die Leere, die Aufteilung, die Suche nach Erholung, die man nicht findet; all dies fährt in den Kutschen mit! Demgegenüber ist der Fußgänger stets guter Dinge, aufmerksam, erquickt, mit seinem Herz in der Hand und einer freien Hand für alle. Er sieht auf niemanden herab; er bewegt sich auf der allgemein üblichen Stufe. All seine Poren sind geöffnet, sein Kreislauf ist aktiv, seine Verdauung gut. Weder ist sein Herz kalt noch sind seine Fähigkeiten in schläfrigem Zustand. Er ist der einzig wahre Reisende; er allein spürt das „fröhliche, frische Gefühl der Landstraße“[19]. Er ist nicht isoliert, sondern ist eins mit den Dingen, mit den Farmen und Industrien hüben wie drüben. Die lebendigen, universellen Ströme durchspielen ihn.

Er weiß, dass die Erde lebt; er fühlt den Puls des Windes und liest die stumme Sprache der Dinge. Seine Anteilnahme ist ganz wach; seine Sinne überbringen seinem Verstand fortlaufend Botschaften. Wind, Frost, Regen, Hitze und Kälte gelten ihm etwas. Er ist nicht bloß ein Betrachter des Panoramas der Natur, sondern hat daran teil. Er erfährt die Landschaft, durch die er geht – schmeckt sie, fühlt sie, nimmt sie in sich auf; der Reisende in seiner schicken Kutsche sieht sie nur. Das verleiht der Sorte von Büchern, die man „Ansichten zu Fuß" heißen könnte, einen frischen Charme, ebenso den Erzählungen von Jägern, Naturforschern, Forschungsreisenden etc. Der Gehende braucht kein großes Gebiet. Wenn Sie in einen Eisenbahnwaggon einsteigen, dann verlangen Sie nach einem Kontinent, der Mann in seiner Kutsche verlangt nach einer Stadt; aber ein Geher wie Thoreau findet genauso viel und mehr an den Ufern von Walden Pond. Ersterem bleibt sozusagen nur die Zeit, auf die Kapitelüberschriften zu schauen, während Letzterer keine Zeile verpassen muss, und Thoreau liest zwischen den Zeilen. Dann genießt der Gehende das Vorrecht der Felder, der Wälder, der Hügel und Seitenwege. Die Äpfel am Straßenrand, die Beeren, die Quelle und der freundliche Unterschlupf sind für ihn da; und wenn es kalt ist, lässt er sich genussvoll die Trauben der Ufer-Rebe oder Dattelpflaumen oder selbst weiße Rüben schmecken, die er dem Feld entwendet, an dem er gerade vorbeigekommen ist.

Zu Fuß und auf der freien Straße findet man schließlich einen schönen Start ins Leben. Es gibt jetzt kein Hindernis. Er möge sein Bestes versuchen. Er befindet sich auf der ausgedehntesten menschlichen Ebene. Diese ist auf einer Stufe mit allen großen Gesetzen und heroischen Taten. Von dieser Plattform aus kommt er für jedes Glück in Frage. Er lechzte nach dem Goldenen Zeitalter; so möge er sich dahin aufmachen. Jeder Schritt bringt ihn näher. Die Jugend der Welt ist nur eine Reise von wenigen Tagen entfernt. Ich kenne wirklich Leute, die glauben, dass sie zu jener süßen Vorzeit eines einzigen strahlenden Sonntags im Herbst oder im Vorfrühling zurückgelaufen sind. Vor Mittag spürten sie seine Lüfte auf ihren Wangen, und bei Einbruch der Nacht an den Ufern eines leisen Stroms oder entlang eines Waldpfads oder oben auf einem Hügel beteuerten sie, dass sie die Stimmen gehört und das Wunder, das Mysterium vernommen haben, die die frühen Geschlechter der Menschheit so entzückt haben.

Ich denke, wenn ich durch ein Land gehen könnte, dann würde ich nicht nur viele Dinge sehen und Abenteuer haben wollen, die ich sonst nicht hätte, sondern ich würde mit dem Land hautnah in Beziehung treten wollen, mit den Männern und Frauen dort in einer Weise, die mich zutiefst befriedigen würde. Daher beneide ich alle Gehenden um ihr Glück, und mir ist danach, mich jedem Landstreicher, der des Weges kommt, anzuschließen. Ich bin eifersüchtig auf den Geistlichen, über den ich las, dass er zu Fuß von Edinburgh nach London ging, so wie die arme Effie Deans[20], die über die meiste Zeit des Wegs ihre Schuhe in der Hand trug, und über die Erde, über die der robuste Ben Jonson[21] vor so langer Zeit vergnügt nach Schottland schritt. Ich las sehnsüchtig von den fußgängerischen Kunststücken der jungen Leute vom College, die so fröhlich und unbeschwert wirkten mit ihren derben Schuhen und dem Rucksack über den Schultern. Es wäre ein kräftiger Schluck aus dem wilden Kelch gewesen, wenn man mit Wilson[22], dem Ornithologen, unterwegs gewesen wäre, von seinen Gefährten verlassen auf dem schneebedeckten Weg von Niagara nach Philadelphia im Winter. Ich wünschte geradezu, ich wäre in den Werdegang eines deutschen Handwerkers hineingeboren, sodass mir jenes köstliche, abenteuerliche Wanderjahr in meinem Land beschert gewesen wäre, bevor ich mich zur Arbeit niedergelassen hätte. Ich stelle mir vor, um wie viel reicher und markiger mir das Leben vorkäme, wenn ich zu Fuß durch Florida und Texas reisen oder den Windungen des Platte River, des Yellowstone[23] folgen oder durch Oregon stapfen oder eine Saison lang Kanada durchstreifen könnte. An den heiteren und anregenden Herbsttagen brauche ich nur die Zeit und den Begleiter, um zum Geburtsflecken zurückzukehren, ins Familiennest quer durch zwei Staaten in die Berge eines dritten. Was für Abenteuern und Sogwirkungen wir unterwegs ausgesetzt wären, was für Ausblicke wir hätten, was für einem Schauspiel wir tags und nachts beiwohnen würden, was für Stellen mit Hunden gäbe es, was für Betrachtungen, Einblicke in Fenster, was für Gestalten wir kennenlernen würden, und wie reif und zäh wir unser Ziel erreichen würden!

Als Begleiter würde ich mir einen Kriegsveteranen wünschen! Jene Märsche impfen ihm etwas ein, was mir gefällt. Selbst aus dieser Entfernung hat sein Feuer wenig an Kraft eingebüßt. Sobald er sich warmgelaufen hat, kommt alles wieder zurück. Er holt Sie ein, und auf geht's, ein heiteres, abenteuerliches, teils räuberisches Paar. Wie schnell er in die alten Gewohnheiten zurückfällt, Witze, Anekdoten und Lieder zum Besten gibt! Sie kennen ihn vielleicht schon seit

Jahren, ohne dass Sie gehört hätten, wie er ein Liedchen summt oder wie er mehr als beiläufig auf das Thema seiner Kriegserlebnisse eingeht. Sie haben ihn sogar ins Kreuzverhör genommen, ohne das Feuer zu entfachen. Doch treiben Sie ihn zu einer erholsamen Wanderung, und im Gehen holen Sie alles heraus aus ihm. Am Abend beim Lagerfeuer oder tagsüber an den Flüssen kommen Lied, Anekdote und Abenteuer an die Oberfläche, und Sie wundern sich, wie Ihr Begleiter so lange Zeit schweigsam sein konnte.

Das ist ein weiterer Beweis dafür, wie das Gehen den wahren Charakter des Menschen zum Vorschein bringt. Der Teufel hat seine Opfer bislang nie darum gebeten, mit ihm spazieren zu gehen. Es wird nicht lange dauern, bis Sie Ihrem Gefährten auf die Schliche kommen. Sobald sich seine Poren öffnen, wird sein Charakter bloßgelegt. Sein innerstes, privates Selbst treibt an die Oberfläche. Es tut wenig zur Sache, mit wem man reitet, er möge nur kein Taschendieb sein; denn Sie beide werden sich sehr wahrscheinlich stärker in Zurückhaltung üben, heruntergeschüttelt wie ein Trockenmaß durch das Ruckeln, je länger die Reise dauert. Das Gehen aber ist durch eine weitaus lebendigere Zusammengehörigkeit bestimmt; die Beziehung ist enger und teilnahmsvoller, und Sie haben keine Lust, zehn

Schritte an der Seite eines Fremden zu gehen, ohne ein Wort mit ihm zu wechseln.

Daher die Verwöhntheit des professionellen Gehers, wenn es an die Wahl oder Zulassung eines Gefährten geht, und daher die Richtigkeit einer Bemerkung Emersons, dass man in der Regel besser dran ist, seinen Hund mitzunehmen, als seinen Nachbarn einzuladen. Ihr Jagdhund ist ein wahrer Fußgänger, und Ihr Nachbar ist sehr wahrscheinlich ein kleiner Politiker. Der Hund taucht vollends in den Geist des Unternehmens ein; er ist nicht abgestumpft oder mit seinen Gedanken woanders; er erschnüffelt fortwährend das Abenteuer, schlabbert an jeder Quelle, betrachtet jedes Feld und jeden Wald als neue Welt, die erkundet werden will, ist immer auf einer frischen Spur, weiß, dass sich weiter vorne etwas Bedeutsames ereignet, bestaunt mit seinen Augen, die das Wunder fassen, und schätzt alles, ganz gleich, was der Ort, was die Straße bietet – kurzum, er ist schlicht der frohe, herrliche, sprunghafte Vagabund, der einen in so mancher Hinsicht berührt und dessen menschliches Vorbild von einem Begleiter den Kilometern die Hälfte ihrer erschöpfenden Macht raubt.

Leute, die sich nach einem kurzen Weg zum Markt oder zur Poststelle oder nach einem kleinen Einkauf verausgabt haben, wundern sich, wie es sein kann, dass ihre Fußgänger-Freunde so viele ermüdende Meilen zurücklegen können und nicht vor schierer Erschöpfung umfallen; sie haben keine Ahnung davon, dass der Gehende eine Art Projektil ist, das der Expansionskraft entsprechend, die es in Bewegung versetzte, früher oder später herunterfällt, und dass es leicht genug ist, die Last nach der Entfernung zu bemessen, die zurückgelegt werden soll. Wenn ich das Gewicht für eine Meile trage, aber dazu gezwungen bin, drei zu gehen, dann fühle ich mich in der Regel müder, als wenn ich nach einem angemessenen Vorsatz sechs gelaufen wäre. Mit anderen Worten, der Wille oder die körperliche Triebfeder, was auch immer es sei, ist dazu in der Lage, nach verschiedenen Spannungsgraden aufgezogen zu werden, sodass man fast den ganzen Tag über so locker laufen kann wie den halben Tag, wenn denn der Wille darauf vorbereitet ist. Er kennt seine Aufgabe, bemisst seine Kräfte und teilt sie sich entsprechend ein. Aus diesem Grund ist ein unbekannter Weg immer ein langer Weg. Wir können unser geistiges Auge nicht auf die Strecke richten und von Beginn an das Ende sehen. Wir stochern im Nebel herum und können das Ausmaß unseres Feindes nicht fassen. Jeder Schritt muss vorherbestimmt und im Geiste vorhergesehen werden. Daher auch die Tatsache, dass eine Meile im Wald zu bezwingen gleich viel scheint wie drei auf dem freien Land zu erzielen. Die Achtelmeilen werden aus dem Hinterhalt angegriffen, und wir vergrößern sie.

Wie lästig ist es dann wieder, wenn einem gesagt wird, dass es nur fünf Meilen bis zum nächsten Ort seien, wenn es in Wirklichkeit acht oder zehn sind! Wir werden fast der halben Distanz nicht gerecht, und wir sind genötigt, den verausgabten Ballen für den Rest des Weges zu wälzen und voranzutreiben. In einem solchen Fall degeneriert das Gehen von einer heiteren zu einer mechanischen Kunst; wir gehen bloß noch; sich über den Boden zu bewegen wird zum einzig ernsten, umfassenden Gedanken; wohingegen Erfolg beim Gehen nicht heißt, dass man den rechten Fuß wissen lässt, was der linke tut. Ihr Herz muss eine solche Musik liefern, dass Ihre Füße Sie in ihrem Takt um den ganzen Globus tragen, ohne es zu merken. Der Gehende, den ich im Sinn habe, nimmt die Entfernung nicht zur Kenntnis; sein Gang ist ein Geistesblitz, ein Bonmot, ein unausgesprochenes, witziges Spiel; die Erde ist seine Zielscheibe, seine Provokation; sie stattet ihn mit dem Widerstand aus, nach dem sein Körper verlangt; er wirkt auf sie zurück, er prallt daran ab und macht wieder kehrt und nutzt sie heiter als sein Werkzeug.

Ich denke nicht, dass ich die Wichtigkeit oder die Reize der Fußgängerei überschätze oder unsere Erfordernis als Menschen, diese Kunst zu kultivieren. Ich glaube, sie würde dazu neigen, die nationalen Umgangsformen abzumildern, uns die Bedeutung der Muße zu lehren, uns vertraut zu machen mit den Reizen der frischen Luft, das Band zwischen Mensch und Land zu kräftigen und zu pflegen. Niemand sonst betrachtet die Welt so freundlich und großzügig wie der Fußgänger; niemand sonst gibt und entnimmt der Landschaft, die er durchstreift, so viel wie er. Neben dem Feldarbeiter hat der Gehende die innigste Beziehung zum Erdboden; und er hat eine innigere und lebendigere Beziehung zur Natur, weil er freier und sein Geist müßiger ist.

Der Mensch ist verwurzelt mit seinen Füßen, und im besten Fall ist er nichts mehr als eine Topfpflanze in seinem Haus oder seiner Kutsche, bis er ein Zwiegespräch mit dem Erdboden eingerichtet hat, indem seine Sohlen ihn auf liebende und magnetische Art berühren. Dann ist der Bund geschlossen; dann sprießen jene unsichtbaren Fasern und Würzelchen, durch die der Charakter die Erde schmeckt und die den Menschen dem Fleckchen Erde, das er bewohnt, wesensgleich machen.

Die Straßen und Wege, auf denen Sie bei sommerlichem und winterlichem Wetter gegangen sind, die Felder und Hügel, die Sie leichten und frohen Herzens betrachtet haben, wo Ihnen frische Gedanken gekommen sind oder ein erhabener Ausblick sich geboten hat, und besonders die stillen Wege, wo Sie in lieblicher Unterhaltung mit Ihrem Freund gegangen sind, unter Bäumen gerastet und von der Quelle getrunken haben – von nun an sind sie nicht dieselben; ein neuer Reiz wird hinzugefügt; jene Gedanken sprießen dort das ganze Jahr hindurch, Ihr Freund geht dort für immer.

Wir haben einige gute Geher und Bummler hervorgebracht, und einige bemerkenswerte Kletterer, doch als vorrangige Freizeitaktivität, als tagtägliche Übung lehnt die Masse das Gehen ab und verschmäht es. Thoreau sagte, er wäre ein gutes Pferd, aber ein ärmliches Vehikel. Ich singe überdies ein Lob auf das Vehikel. Ich singe von der Lieblichkeit des Schotters, von gutem kantigem Quarz-Kies. Er ist die passende Zutat für die strengere Jahreszeit, und manch ein menschlicher Kaumagen würde von der Hälfte seiner Erkrankung geheilt, wenn er sich eine tägliche Ration erlauben würde. Ich denke, Thoreau selbst hätte ungemein davon profitiert. Seine Diät war zu ausschließlich pflanzlich. Der Mensch lebt nicht von Gras allein. Wenn jemand den ganzen Sommer über Lotus gegessen hat, dann muss er im Herbst und Winter auf Schotter umsteigen. Diejenigen, die ihn ausprobiert haben, wissen, dass dem Schotter ein gleichwertiger, wenn auch gegenteiliger Charme zu eigen ist.

Er fordert zum Handeln auf. Der Fuß schmeckt ihn und rastet fortan nicht mehr. Die Freude der Bewegung und der Überwindung, der Reibung und des Fortschreitens, das Lechzen nach dem offenen Raum, nach Kilometern der Entfernung, nach Sehenswürdigkeiten und Aussichten, danach, Berge zu überqueren und Flussläufen zu folgen, und sowohl Frost, Hitze und Schnee als auch Gefahren und Erschwernissen zu trotzen, all dies erfasst ihn; und von diesem Tag an ist sein Besitzer eingeschrieben in das edle Heer der Gehenden.

Anmerkungen

[1] William Wordsworth (1770–1850), neben Samuel Taylor Coleridge einer der wichtigsten Vertreter der englischen Romantik.

[2] John Tyndall (1820–1893), irischer Naturwissenschaftler; führte u. a. Vermessungen für den Eisenbahnbau und Untersuchungen zur Lichtstreuung durch.

[3] Nicht nachgewiesenes Zitat aus William Wordsworths Gedicht *When, to the attractions of the busy world*, nach der Übersetzung von Dietrich H. Fischer.

[4] Eugénie de Montijo, Ehefrau Napoleons III., war Kaiserin der Franzosen von 1853 bis 1870. Nach dem verlorenen deutsch-französischen Krieg ging sie 1871 ins englische Exil.

[5] Königin Victoria, geborene Prinzessin Victoria von Kent, (1819–1901), Königin von Großbritannien und Irland; ab 1876 auch Kaiserin von Indien.

[6] Nicht nachgewiesenes Zitat aus Wordsworths Gedicht *A Poet's Epitaph* (meine Übersetzung, K. B).

[7] Wörtlich ‚Wetter-Ausbrüter'. Im Deutschen entspricht dem die Wendung „Ruhe vor dem Sturm".

[8] Gemeint ist die Einheit Fahrenheit; 0 °F = 17,78 °C.

[9] Burroughs bezieht sich hier auf eine Stelle aus Goethes Gesprächen mit Eckermann. Da heißt es: „Ich denke mir die Erde mit ihrem Dunstkreise gleichnisweise als ein großes lebendiges Wesen, das im ewigen Ein- und Ausatmen begriffen ist. Atmet die Erde ein, so zieht sie den Dunstkreis an sich, so daß er in die Nähe ihrer Oberfläche herankommt und sich verdichtet bis zu Wolken und Regen. Diesen Zustand nenne ich die Wasserbejahung; dauert er über alle Ordnung fort, so würde er die Erde ersäufen. Dies aber gibt sie nicht zu; sie atmet wieder aus und entläßt die Wasserdünste nach oben, wo sie sich in den ganzen Raum der hohen Atmosphäre ausbreiten und sich dergestalt verdünnen, daß nicht allein die Sonne glänzend herdurchgeht, sondern auch sogar die ewige Finsternis des unendlichen Raumes als frisches Blau herdurch gesehen wird. Diesen Zustand der Atmosphäre nenne ich die Wasserverneinung." (Johann Peter Eckermann: *Gespräche mit Goethe in den letzten Jahren seines Lebens*, Gespräch vom 11. April 1827. Frankfurt am Main 1981)

[10] Sir Walter Scotts *Journal* erschien 1890 in zwei Bänden.

[11] Helen Keller (1880–1968), taubblinde amerikanische Schriftstellerin.

[12] Burroughs denkt hier an die Lehrerin Catharine Aiken und ihr Buch *Methods of Mind-Training – Concentrated Attention and Memory* aus dem Jahr 1895.

[13] Gemeint ist Alpheus Spring Packard (1839–1905), der US-amerikanische Entomologe, der u. a. *Our Common Insects* (1863) und das Handbuch *Guide to the Study of Insects* (1869) verfasste.

[14] Burroughs denkt vermutlich an die Art *Callosamia promethea*, einen in Nordamerika vorkommenden Schmetterling.

[15] Womöglich der in Nordamerika beheimatete Nachtfalter der Art *Hyalophora cecropia*.

[16] Nimrod steht für die altorientalische Figur eines sowohl in der Bibel als auch im Koran erwähnten mythischen Helden und Königs. Burroughs verwendet den Namen hier scherzhaft für ‚Jäger'.

[17] Shakespeare, *Ein Wintermärchen* (4. Akt, 3. Szene); meine Übersetzung (K. B.).

[18] Anne Hathaway (1556–1623), Ehefrau Shakespeares. Die Ehe wurde 1582 geschlossen, als Shakespeare achtzehn Jahre alt war.

[19] Zitat aus Walt Whitman, *Grashalme*, das Gedicht *Gesang von der freien Straße*. (Nach der Übersetzung von Johannes Schlaf)

[20] Effie Deans ist eine Figur aus Walter Scotts Roman *Das Herz von Midlothian* (1818).

[21] Ben Jonson (1572–1637), neben William Shakespeare der bedeutendste englische Dramatiker der Renaissance.

[22] Alexander Wilson (1766–1813), amerikanischer Ornithologe, Zeichner, Schriftsteller schottischer Herkunft; verfasste die neunbändige *American Ornithology* (1808–1814).

[23] Platte und Yellowstone sind Nebenflüsse des Missouri River.

Nachwort

Am 30. März 1921 berichtet die *New York Times*, dass der „weltberühmte" Naturforscher John Burroughs um zwei Uhr in der Früh in einem Personenzug in der Nähe von Kingsville (Ohio) verstorben sei. Das Blatt zitiert die letzten Worte des über achtzigjährigen Mannes: „Wie weit ist es noch bis nach Hause?" Zu Hause – das ist West Park im Staate New York. Auf der Rückreise von Kalifornien sei er infolge einer Verspätung am Bahnhof von Chicago nervös und betrübt gewesen, so Clara Barrus, seine Reisebegleiterin, Ärztin und Lebensgefährtin. Er sei bei klarem Verstand gewesen bis zum Schluss. Der Tod sei völlig überraschend eingetreten.

Tatsächlich war John Burroughs zwischen den Jahren 1870 und 1920 der berühmteste und vor allem populärste Nature Writer in den USA. Als er starb, waren gut 1,5 Millionen seiner Bücher gedruckt worden, und schon 1878 hatte er in seinem Tagebuch notiert: „Mein Schreiben hat mir mehr Ruhm und Geld eingebracht, als ich je zu hoffen wagte.“ Heutzutage werden seine Essays nur selten gelesen, und auch an Schulen stehen sie nicht auf den Lehrplänen. In der akademischen Welt des einundzwanzigsten Jahrhunderts sind sie so gut wie unbekannt.

Entscheidend für die Vermarktung von Burroughs' Büchern dürfte damals der Einsatz des Verlegers und Mitbegründers von Houghton Mifflin, Henry Oscar Houghton, gewesen sein, der 1887 Mary E. Burts Schulklasse in Chicago besuchte und Zeuge wurde, wie die Lehrerin Burroughs' *Pepacton* (1881) unterrichtete, wo auf anschauliche Art über eine Sommerreise, über Quellflüsse, die Honigbiene oder das Verhältnis der Dichter zur Natur erzählt wird. Der Verleger hatte es auf Schulen abgesehen, um eine neue Leserschaft für den Absatz seiner Produkte zu gewinnen. Burroughs' Essay-Sammlungen erschienen eigens für schulische Zwecke in Reihen, die von der Lehrerin ediert wurden. Allein von zweien dieser Bände wurden über 200.000 Exemplare verkauft.

Burroughs hat sich selbst nicht als Wissenschaftler verstanden. „Ich beziehe vieles aus Büchern“, bekennt er, „aber nicht das, was die Schulen und Colleges anbieten. Mir fehlt der Stolz wissenschaftlicher Fertigkeiten […]. Vielleicht müsste ich sagen, dass der technische Teil der Literatur und der Wissenschaft der ist, in dem ich versage. Mein naturgeschichtliches Wissen gleicht eher dem des Jägers und Trappers als dem des echten Wissenschaftlers. Ich kenne mich gut aus mit unseren Vögeln, aber nicht so wie ein professioneller Ornithologe."

Auch wenn der Ecocriticsm als literaturwissenschaftlicher Ansatz sich erst in den 1970er-Jahren herausgebildet hat, lassen sich Burroughs' literaturkritische Texte als Vorläufer dieser Ausrichtung begreifen, wonach es gilt, eine anthropozentrische Sichtweise auf die Natur von Grund auf in Frage zu stellen. Der Mensch glaube, so Burroughs, er stehe in der Rangordnung ganz oben und der Reichtum sei ganz allein für ihn da. Er gehöre ihm aber nicht mehr als den Vögeln und anderen Tieren. Dabei war sich Burroughs darüber im Klaren, dass die Kunst der Literatur dem Primärprozess des Beobachtens in der Natur nur durch eine Verschiebung mit sprachlichen Mitteln näher kommt, ihn aber nicht einzuholen vermag. Im Jahr 1895 hält er fest: „Man darf die Sinnestäuschungen jeglicher Kunst nicht vergessen. Wenn mein Leser glaubt, er bekomme von der Natur nicht das, was ich von ihr bekomme, so sei daran erinnert, dass er schwerlich wissen kann, was er bekommen hat, bis er es für sich selbst absteckt, wie ich es tue, und die Zauberei der Worte darüber wirft. Die Literatur wächst nicht wild in den Wäldern. Jeder Künstler macht mehr, als nur die Natur zu kopieren; in seiner Wiedergabe kommt mehr heraus als in das ursprüngliche Erleben hineingeht." Etwas von der Macht des Imaginären ist auch im Essay über die Kunst, die Dinge zu sehen – der hier wiedergegeben wird – zu lesen, besonders, wenn es sich um imaginierte Vögel handelt.

Burroughs' biozentristische Sicht auf die Natur unterscheidet ihn von einem seiner wichtigen Lehrmeister, Ralph Waldo Emerson. Die Natur ist ihm kein abstraktes Ideal, vielmehr ein Hort von konkretem Anschauungsmaterial. Wie der Anschauungsunterricht aussehen könnte, dafür gibt der Versuch über *The Art of Seeing Things* wiederum ein gutes Beispiel ab.

Henry David Thoreaus *Walden* indes nennt Burroughs ein „Evangelium der Wildnis". Und der geschätzte Essay über das Gehen, *Walking*, findet seinen Nachhall in den *Exhilarations of the Road*, wie er selbst 1878 in seinem Tagebuch vermerkt. Was ihm allerdings an Thoreau nicht behagt, sind seine rhetorischen Exzesse, die Übertreibungen und Paradoxien. Der radikale Idealist und Supernaturalist ist auf den Vogel hinter dem Vogel aus. Goethe, an den man sich hier erinnert fühlt, hatte davor gewarnt, etwas hinter den Phänomenen zu suchen. Sie selber seien die Lehre. Beim Lesen von Thoreaus Tagebüchern konstatiert Burroughs, dass er, Thoreau, in die Natur gehe wie zu einem Orakel. Es kommt ihm vor, als ob er „die Natur um Concord das ganze Jahr über unter eine Art polizeilicher Aufsicht gestellt hätte".

Nicht ganz ohne Häme schreibt der große Henry James in seiner Rezension zu *Winter Sunshine* am 27. Januar 1876 in der Wochenzeitschrift *The Nation*, Burroughs sei „eine Art reduzierter, aber auch humorvollerer, zugänglicherer und umgänglicherer Thoreau". Eine Reduktion zugunsten sozialer Kompatibilität also. Besonders bei jungen aufgeweckten Damen, die ein Herz für die Natur hatten, war Burroughs beliebt.

Neben Emerson und Thoreau hat gewiss Walt Whitman am stärksten auf Burroughs eingewirkt. Nur der schottische Nature Writer John Muir, zu dem Burroughs in einem freundschaftlichen Konkurrenzverhältnis stand, hat ihm Hochachtung abgenötigt und sein Werk nachhaltig beeinflusst. Grundannahmen des Dichters Whitman zu Kunst und Natur fließen in Burroughs' Texte ein. Der menschliche Geist und der Geist der Natur sind austauschbar. Die Objektwelt der Natur in ihrem Verhältnis zum

Menschen ist die Basis für die Beurteilung von Kunstwerken. Schönheit ist nicht das Ziel der Natur, doch sie folgt aus den machtvollen Prozessen, die sich in der Natur abspielen. Schönheit in der Kunst sollte entsprechend folgen aus den machtvollen, imaginativen Prozessen, die sich bei dem Schaffenden ereignen. Eine ästhetische Würdigung der Natur oder der Kunst verlangt nach Teilnahme und nicht nach einem distanzierten Stand als Zuschauer.

Kritiker sahen nicht selten in Burroughs den Vertreter eines beschönigenden Pastoralismus, einen Schriftsteller, der einem Rückzug in die Natur als Form der Amnesie frönte. Soziale Fragestellungen würden schlechterdings ausgeklammert. Ganz so einfach ist es aber nicht. Auch wenn sich Burroughs 1895 auf dem Land, das er in West Park erworben hatte, ein selbst gebautes Blockhaus als Rückzugsort in den Catskill Mountains gewählt hat, um sich gegen die lärmende Welt der Eisenbahnen und Dampfschiffe zu wappnen, zieht er sich nicht aus der Gesellschaft zurück, um ein Eremitendasein zu fristen.

In der Zeitschrift *The Atlantic Monthly* veröffentlicht er im März 1903 den Essay *Real and Sham Natural History* und markiert damit den Beginn der sogenannten Nature-Fakers-Kontroverse. Autoren wie Ernest Thompson Seton, bekannt durch *Wild Animals I Have Known* (*Bingo und andere Tiergeschichten*) und William J. Long bezichtigt er einer wirklichkeitsfremden, fantastischen Darstellung von Tieren der Wildnis und denunziert das neue Genre ‚realistischer' Tiergeschichten als „Boulevard-Journalismus der Wälder". Man dürfe die Fakten der Natur nicht verdrehen; der Naturforscher habe diesbezüglich keine Freiheiten. Eine Vermischung von Fakten und Fiktion sind ihm ein Graus, wobei die „Zauberei der Worte" als unabdingbare Begleiterscheinung der Wiedergabe von Fakten zählt.

Tiere, so Burroughs, seien – anders als Menschen – vernünftige Wesen ohne Vernunft. Ihr Handeln sei klug, ohne dass sie es verstünden. Burroughs' apodiktisches Beharren auf dem Standpunkt, Tiere würden sich rein instinktiv verhalten, ist freilich leicht angreifbar. In einem 1908 verfassten Essay mit dem Titel *The Other Animals*, der als Reaktion auf Präsident Roosevelts Schrift *Nature Fakers* gemünzt war, warf der junge Jack London Burroughs vor, er habe in seinem ländlichen Bezirk in erster Linie Vögel beobachtet und kaum die Gelegenheit gehabt, andere, höher gestellte Gattungen bei Tieren und niedrige beim Menschen zu studieren. Zwar hatte auch Burroughs seinen Darwin gelesen und Schlüsse für seinen Biozentrismus daraus gezogen. Es ist aber nicht bekannt, dass er, wie London, sich mit Herbert Spencers Adaption des Menschen im Sinne eines „survival of the fittest" beschäftigt hätte.

Wenngleich die Debatte nach der ersten Dekade des zwanzigsten Jahrhunderts abflaute, so kennzeichnete sie eine Vorphase des Ecocriticism. Burroughs selbst hielt an seiner Verachtung von sentimentalen Tiergeschichten fest, die, wie er meinte, nur noch zur Unterhaltung junger Menschen dienten. Inzwischen hatte er einen neuen Gegner seiner Überzeugungen ausgemacht, ein Signal der neuen Zeit, das ihm vor Augen geführt haben muss, dass er nicht mehr auf der Höhe seiner Zeit war. In einer Notiz vom 9. November 1916 in seinem Tagebuch ereifert er sich gegen das Kino: „Der Zeitschriften-Schreiber hat ein neues Problem: Wie soll man sich an das Hirn der ‚bewegten Bilder' richten – das Gehirn, das nicht lesen oder denken mag, sondern nur seine begierigen, geistlosen Augen benutzt, Augen, welche die Schatten und Gespenster der Dinge den Dingen selbst vorziehen, Augen, die eher die Gespenster von Leuten auf der Bühne herumhuschen sehen als Menschen aus Fleisch und Blut. Wie sehr würde ein hörbares Gespräch sie ermüden! Es könnte sie ja dazu zwingen, ihren Geist ein wenig zu bemühen – schrecklicher Gedanke! – Was mich betrifft, so bin ich sicher, dass ich bei diesem Hirn für bewegte Bilder kein Interesse wecken kann, und ich will es auch nicht. Es ist das geistloseste Hirn, das bisher auf der Welt erschienen ist. Was wird das Ergebnis dieses Fieberwahns über der Tünche der Wirklichkeit sein, die die ‚movies' (schreckliches Wort!) unseren jungen Leuten anbieten?"

Dass man seiner eigenen Zeit nicht böse sein kann, ohne selbst zu verhärmen, muss der alte Burroughs geahnt haben. Er hat sich von seinem Freund Henry Ford bereden lassen, er möge doch, der Bequemlichkeit halber, ein Geschenk in Form des neuen Automobils annehmen. Und er scheute nicht davor zurück, sich selbst und das Blockhaus Slabsides zum Gegenstand bewegter Bilder zu machen. In einem hübsch aus historischen Fotos und Filmszenen komponierten, zehnminütigen Video von ‚Adelie' unter dem Titel *John Burroughs: Naturalist and Conscience of the Common Man* kann man das auf Youtube sehen.

Klaus Bonn

Zeittafel

1837
John Burroughs wird am 3. April als siebtes von zehn Kindern auf einer Meierei in den Catskill Mountains bei Roxbury in Delaware County (New York) geboren. Seine Kindheit verbringt er dort als Farmjunge.

1854
Burroughs verlässt sein Zuhause und unterrichtet an einer Schule in Olive (New York), um seine Studien am College zu finanzieren. Der Vater hatte eine Unterstützung verweigert.

1854–1856
Studien u. a. am Copperstown Seminary und Abschluss der Studien. Das Unterrichten setzt er fort bis 1863.

1856
Im Sommer erste Bekanntschaft mit den Schriften Ralph Waldo Emersons.

1857
Am 12. September heiratet er Ursula North, Tochter eines wohlhabenden New Yorker Farmers. Die Ehe verläuft unglücklich.

1860
Erste wichtige Publikation: Der Essay *Expression* erscheint im November im *Atlantic*. Burroughs misst dem Text keinen großen Wert bei. Er zeigt aber, wie tief sich sein Autor in den Transzendentalismus Emersons eingearbeitet hat.

1861
Erste Lektüre der *Leaves of Grass* von Whitman.

1862
Nachdem sie Rat bei Kirchenmännern eingeholt hat, verfügt Ursula North eine zweimonatige Trennung, damit John die Werte der Keuschheit schätzen lerne. Die Trennung dauert schließlich bis Februar 1864, mit dem Ergebnis, dass John seinen sexuellen Gelüsten bei anderen Frauen Genüge tut. Auch danach bleibt John Ursula untreu.

1863
Erste Begegnung mit Whitman in Washington, D. C. Beginn einer lebenslangen Freundschaft

der beiden Männer. – Treffen mit Emerson nach einer von dessen Vorlesungen in West Point. Weitere Treffen folgen, es entwickelt sich aber keine freundschaftliche Verbindung.

1864–1873
Angestellter des Finanzministeriums der USA in Washington D. C.

1867
Im Frühjahr gibt Whitman, nicht ohne Eigennutz, Burroughs' erstes Buch heraus: *Notes on Walt Whitman, as Poet and Person*.

1871
Das erste Buch mit Naturessays erscheint, *Wake-Robin*, eins seiner bekanntesten Werke.

1873
Die *Exhilarations of the Road* erscheinen im *Galaxy*.

1873–1884
Bankrevisor in West Park (New York).

1877
Der Band *Birds and Poets* erscheint. Der ursprüngliche Titel *Nature & Genius* wurde auf

Anraten Whitmans geändert. Er klinge, so Whitman, zu sehr nach Emerson.

1878
Geburt des Sohnes Julian.

1883
Im Juni pilgert Burroughs in Begleitung von Richard Watson Gilder, dem Herausgeber des *Century Illustrated Monthly Magazine*, mit dem er auch befreundet ist, nach Concord. Dort treffen sie Ewald Waldo Emerson, den jüngsten Sohn des berühmten Mannes, Biograf seines Vaters und Herausgeber seiner Werke. Am 28. Juni brechen sie nach Walden Pond auf. Nichts, so Burroughs in seinem Tagebuch, erinnere in Walden und Concord noch an Thoreau.

1889
Die *Indoor Studies* erscheinen, darin der Essay *Henry D. Thoreau*.

1892
Am 26. März stirbt Walt Whitman, Burroughs ist einer der Sargträger bei der Beerdigung Whitmans auf dem Friedhof Harleigh Cemetery in Camden (New Jersey).

1893
Am 1. Juni erste Begegnung mit John Muir beim Verleger Richard Watson Gilder in New York.

1895
Burroughs baut zusammen mit seinem Sohn Julian die Blockhütte Slabsides in den Catskill Mountains.

1896
Das Buch *Whitman: A Study* erscheint. – Muir besucht Burroughs an seinem Rückzugsort Slabsides.

1899
Burroughs nimmt an der Harriman-Alaska-Expedition teil, die von dem Großindustriellen Edward Henry Harriman initiiert wird. Insgesamt 126 Personen sind mit von der Partie, die vom 23. Mai bis zum 30. Juli dauert. Fauna und Flora entlang der Küste Alaskas werden erforscht. Auch John Muir ist einer der Teilnehmer.

1901
Die siebenundzwanzig Jahre jüngere Ärztin und Psychiaterin Clara Barrus begegnet Burroughs, nachdem sie ihm einen Fanbrief geschrieben

hat. Beide verlieben sich ineinander, erst nach dem Tod seiner Frau Ursula 1917 ziehen sie zusammen. Barrus begleitet ihn auf seinen Reisen und wird später seine Nachlassverwalterin. Sie schreibt eine Biografie, ediert seine Briefe und gibt posthum die letzten beiden Bände der *Complete Writings of John Burroughs* heraus (insgesamt dreiundzwanzig Bände).

1902
Burroughs hält sich zusammen mit seinem Sohn Julian und dem Freund Charles Kellog sechs Wochen lang auf Jamaika auf. Seine Chronik der Reise findet sich in dem Bericht *A Lost February* in der Sammlung *Far and Near* (1904) wieder. „Wir haben den Februar verloren", heißt es da, „und den August gefunden, denn Jamaika ist ein Land, das unter dem Fluch eines fortwährenden Sommers steht." – *Thoreau's Wildness* erscheint in *Literary Values*.

1903
Reise nach Yellowstone mit Theodore Roosevelt vom 8. bis zum 24. April. Die Erinnerungen an den Aufenthalt finden ihren Niederschlag in *Camping and Tramping with Roosevelt* (1906). – Mit der Veröffentlichung seines Essays *Real and*

Sham Natural History beginnt die Nature-Fakers-Kontroverse.

1904
Der Reisebericht *Green in Alaska* über die Harriman-Expedition erscheint in *Far and Near*.

1908
Im Januar erscheint die Essaysammlung *Leaf and Tendril*, darin als erster Beitrag *The Art of Seeing Things*.

1909
John Muir, John Burroughs, Clara Barrus und ihre Freundin Harriet Ashley streifen am 26./27. Februar durch den North Sigillaria Petrified Forest (Arizona), fahren mit dem Zug weiter zum Grand Canyon und steigen mit Maultieren den Bright Angel Trail hinab. Anfang März kehrt Muir nach Martinez zurück, wo er von 1890 an bis zu seinem Tod 1917 lebte. Burroughs und die beiden Frauen setzen ihre Reise nach Pasadena fort. Ende April treffen sie in Adamana (Arizona) wieder auf Muir und verbringen im Anschluss fünf Tage in Yosemite. Anfang Mai reist Burroughs mit den Gefährtinnen weiter nach Hawaii.

1912

The Spell of the Yosemite erscheint in der Essaysammlung *Time and Change.*

1914

Der Autobauer Henry Ford versucht Burroughs davon zu überzeugen, dass das neue Model T des Touring Car hilfreich bei Naturstudien sein könne. Burroughs setzt das großzügige Geschenk seines Freundes fortan bei seinen Feldstudien ein.

1917

Am 6. März stirbt Burroughs' Ehefrau Ursula North in West Park.

1920/21

Im Winter hält sich Burroughs aus gesundheitlichen Gründen in Südkalifornien auf. Ende Februar des Jahres 1921 muss er sich für vier Wochen in ein Krankenhaus begeben, wo er wegen eines Abszesses im Brustbereich operiert wird. Auf der Zugfahrt von Kalifornien nach New York stirbt John Burroughs im Alter von dreiundachtzig Jahren am 29. März – zwölf Stunden, bevor der Zug in West Park im Hudson Valley eintrifft.

1921

Am 3. April – dem Tag, der sein vierundachtzigster Geburtstag gewesen wäre – wird John Burroughs in Woodchuck Lodge in Roxbury, der Sommerresidenz, beigesetzt. Woodchuck Lodge ist, wie Slabsides, nationale Gedenkstätte. Burroughs' Bruder Curtis errichtete dort 1863 ein Farmhaus, in das sich John später, als das Haus von seinem Neffen bewirtschaftet wurde, einmietete. 1913 kaufte Henry Ford die Farm als Geschenk für John Burroughs.